MIX
Papier aus verantwortungsvollen Quellen
FSC® C005461
www.fsc.org

Thomas und seine Freunde – Das große Thomas-Buch

Rotebühlstraße 87. 70178 Stuttgart
Verlagsleitung (Books/Kids): Gabriele El Hag
Chefredaktion: Nicole Hoffart
Redaktion: Carolin Böttler
Text: Claudia Weber
Lektorat: Ray Bookmiller
Grafik: tab indivisuell, Stuttgart
Druck: ROTOLITO LOMBARDA S.p.A., Pioltello, Italien
ISBN 978-3-8332-3233-6

www.paninishop.de

Die Deutsche Nationalbibliothek verzeichnet diese Publikation in der Deutschen Nationalbibliografie; detaillierte bibliografische Daten sind im Internet über http://dnb.dn-b.de abrufbar.

Inhalt

Thomas und seine Freunde

Geschichten

Spiel und Spaß

Willkommen bei Thomas und seinen Freunden

Auf der Insel Sodor ist Thomas, die kleine blaue Lokomotive, zu Hause. Dort dampft er gemeinsam mit seinen Freunden über die Gleise.

Zwischen den Bergen von Sodor gibt es viel zu entdecken: grüne Wiesen und bunte Dörfer, Steinbrüche und Bergwerke, alte Brücken und dunkle Tunnel, verfallene Burgen und sogar ein Schloss.

Bei so viel Arbeit fallen natürlich hin und wieder Reparaturen an. In der großen Lokwerkstatt werden die Dampflokomotiven von Victor, der dunkelroten Lok, und Kevin, dem kleinen gelben Kran, wieder in Ordnung gebracht.

Thomas und seine Freunde sind jeden Tag im Einsatz – mal befördern sie Fahrgäste durch Sodor, mal transportieren sie Güter zum Hafen.

Im Winter gibt es manchmal Probleme, wenn der Schnee die Gleise unpassierbar macht. Dann bekommen die Lokomotiven Schneepflüge, mit denen sie die Schienen freiräumen können.

Der dicke Kontrolleur ist der Chef der Eisenbahnen von Sodor. Er sorgt dafür, dass der Bahnbetrieb reibungslos abläuft.

Wenn es dunkel wird, dampfen Henry, Edward, Percy, Thomas, James, Emily, Gordon und Toby zum Lokschuppen nach Tidmouth – außer natürlich, sie haben einen Nachteinsatz. Toby schläft normalerweise auf dem Abstellgleis neben dem Lokschuppen. Am nächsten Morgen machen sich alle gut ausgeruht an die Arbeit.

Thomas und seine Freunde sind das ganze Jahr über im Einsatz, bei jedem Wetter und an allen möglichen Orten. Ob Lok, ob Kran, ob Bus, ob Bahn – alle haben das gleiche Ziel: wirklich nützlich zu sein.

Thomas ist die Nummer 1!

Thomas ist eine fröhliche kleine Dampflok. Manchmal hat er Flausen im Kopf und kann ein richtiger Spaßvogel sein. Aber auf jeden Fall ist er immer freundlich und hilfsbereit.

Seine Außenseiten sind blau lackiert und mit roten Linien eingefasst. Auf jeder Seite prangt in leuchtendem Gelb die Nummer 1.

Der vordere Teil seines Kessels ist schwarz, ebenso der Schornstein, hinter dem ein weiterer Kesselaufbau emporragt: der Dampfdom. Thomas' Räder sind an den Außenseiten durch Kuppelstangen verbunden.

Wie die meisten Schienenfahrzeuge hat er an der Vorder- und Rückseite Puffer. Sie fangen Stöße auf, die beim Rangieren entstehen, und schützen Thomas vor Beschädigungen.

Als Tenderlokomotive führt **Thomas** seine Brennstoff- und Wasservorräte direkt an der Lok mit sich. Die Wassertanks liegen neben dem Kessel, die Kohle wird hinter dem Führerstand transportiert.

Ursprünglich war **Thomas** auf Sodor vor allem als Rangierlok im Einsatz. Nachdem er allerdings bewiesen hatte, dass er eine wirklich nützliche Lokomotive ist, hat ihm der dicke Kontrolleur eine eigene Nebenstrecke zugewiesen. Zwischen Knapford und Ffarquhar befördert er Passagiere mit seinen beiden Waggons Annie und Clarabel.

Annie und Clarabel

Die beiden braunen Passagierwagen sind nur mit Thomas unterwegs und sehen sich zum Verwechseln ähnlich. Dabei gibt es wichtige Unterschiede zwischen ihnen: **Annie** ist mit Sitzbänken für den Personentransport ausgestattet. **Clarabel** fährt immer hinten und hat zwei Abteile: eins für Passagiere und eins für Gepäck.

Die Dampfloks von Sodor

James

Als Güter- und Rangierlok ist James vielseitig einsetzbar. Manchmal darf er sogar Passagierwagen ziehen und Fahrgäste befördern.

James bewahrt seine Brennstoffvorräte nicht an der Lok auf wie Thomas, sondern zieht sie in einem Schlepptender hinter sich her. Dieser Kohleanhänger ist rot wie die Lok und trägt an der Seite eine gelbe 5.

Auf die rote Lackierung und den golden glänzenden Dampfdom ist **James** ganz besonders stolz. Deswegen will er eigentlich keine unwichtigen Aufträge erledigen. Aber seit ihm der dicke Kontrolleur gedroht hat, ihn blau streichen zu lassen, versucht James, sich an die Regeln zu halten.

Percy

Die kleine grüne Dampflok mit der Nummer 6 ist die jüngste Lokomotive in der Eisenbahnfamilie des dicken Kontrolleurs – und Thomas' bester Freund.

Percy ist eine Satteltanklok. Seine Wasservorräte sind in einem Tank untergebracht, der wie ein Sattel über dem Kessel liegt. Dampfdom und Pfeifen glänzen messingfarben. Hinter dem Führerstand befindet sich der Kohletender. Wenn Percy aufgeregt ist, klappern die Kuppelstangen an seinen Treibrädern.

Normalerweise wird **Percy** im Rangierbahnhof gebraucht. Ab und zu führen ihn seine Aufträge aber auch kreuz und quer über die Insel. Mit Vorliebe befördert er Briefe und Päckchen. Dass Percy so gutmütig ist, wird von den anderen Loks manchmal ausgenutzt.

Die große blaue Lokomotive mit der Nummer 4 ist ein richtiges Kraftpaket. Darum kann Gordon auch mühelos den Expresszug über die Insel Sodor ziehen.

Gordon

Gordon braucht während der Fahrt viel Wasser und Kohle. Darum zieht er seine Energievorräte in einem Schlepptender hinter sich her, auf dem groß und gelb die Loknummer steht.

Gordon ist nicht nur die älteste, sondern auch die schnellste und stärkste Dampflokomotive auf Sodor. Hin und wieder nutzt er seine Überlegenheit aus und prahlt, was für eine tolle Lok er doch ist. Aber meistens gebraucht er seine Kraft, um den anderen Loks zu helfen.

Emily

Als einzige weibliche Dampflokomotive im Lokschuppen von Tidmouth hat Emily es nicht immer leicht. Doch sie kann sich fast immer gegen Thomas, Edward, Henry, Gordon, James und Percy durchsetzen.

Mit ihrer smaragdgrünen Lackierung und den glänzenden Messingteilen ist **Emily** die eleganteste Dampflok auf Sodor. Ihr markantestes Kennzeichen sind die beiden riesigen Treibräder, die weit über die anderen Räder emporragen und durch mächtige Abdeckungen an beiden Seiten des Kessels geschützt sind. Auch Emily ist eine Schlepptenderlokomotive.

Manchmal kommandiert **Emily** die anderen Loks herum und meint, alle müssten nach ihrer Pfeife tanzen. Aber meistens kommen die Jungs im Dampflokteam mit ihr klar. Am besten versteht sich Emily mit Thomas und James.

Henry

Henry fährt für sein Leben gerne mit den anderen Loks um die Wette. Oft gewinnt er auch, denn er ist schnell und hat jede Menge Power.

Bei **Henry** ist fast alles im grünen Bereich – sein hellgrüner Lack überzieht Kessel, Radläufe, Speichen, Führerstand und Schlepptender. Sein Fahrgestell dagegen ist rot gestrichen, und die Fensteröffnungen leuchten in fröhlichem Gelb, ebenso die Nummer 3 an den Seitenfronten des Kohleanhängers. Henry hat einen kurzen schwarzen Schornstein und große Treibräder, die durch Kuppelstangen verbunden sind.

Henry mag alles, was grün ist. Nicht nur seine eigene Lackierung, sondern auch die grünen Wälder und Wiesen von Sodor. Darum fährt er am liebsten über die Bahnstrecken, die an ihnen vorbeiführen.

Edward

Als eine der dienstältesten Dampfloks auf Sodor hat Edward jede Menge Erfahrung gesammelt. Kein Wunder, dass die anderen Lokomotiven einen Riesenrespekt vor ihm haben!

Edward ist die blaue Schlepptenderlok mit der Nummer 2. Er hat seine eigene Nebenstrecke und ist hauptsächlich zwischen Brendam und Wellsworth im Einsatz. Dort schnauft er mit seinem Kohletender über die Gleise und verrichtet pflichtbewusst seine Arbeit.

Obwohl er schon mehr Streckenkilometer zurückgelegt hat als die meisten anderen Loks auf Sodor, gehört **Edward** noch lange nicht zum alten Eisen. Er ist zwar nicht besonders schnell, aber zuverlässig und klug. Deshalb schätzen die jüngeren Lokomotiven seinen Rat und freuen sich, wenn sie etwas von ihm lernen können.

Toby und Henrietta

Toby sollte eigentlich schon verschrottet werden. Doch dann holte der dicke Kontrolleur den kleinen Dampftriebwagen mit der Nummer 7 in sein Team.

Sein ungewöhnliches Aussehen kommt daher, dass **Toby** die Dampflok einer Straßenbahn war. Hinter seinem kastigen Äußeren, das aus braunen Holzlatten besteht, befindet sich eine alte Dampfmaschine, deren schwarzer Schornstein aus dem Dach ragt. Tobys Räder sind mit breiten grauen Brettern verkleidet. An der Vorderseite reicht ein Schienenräumer bis knapp über die Gleise. Dieser Rundumschutz verhindert, dass Steine zwischen die Räder geraten. Toby ist gewöhnlich auf der Strecke zum Steinbruch von Ffarquhar im Einsatz – stets begleitet von seinem treuen Personenwagen **Henrietta**.

Der dicke Kontrolleur

Er ist der Direktor der Eisenbahngesellschaft von Sodor und heißt eigentlich Sir Topham Hatt. Besonders stolz ist er auf seine Lokomotiven, wenn sie wirklich nützlich sind.

Im Dienst trägt **der dicke Kontrolleur** stets einen schwarzen Frack und auf dem Kopf einen Zylinder. Weil er für alle Bahnstrecken, Lokomotiven und Bahnhöfe auf Sodor verantwortlich ist, hat er immer viel zu tun. Wenn es irgendwo Schwierigkeiten gibt, kommt der dicke Kontrolleur meist mit seinem Dienstwagen angebraust und überlegt, wie er das Problem am besten lösen kann.

Diesel und seine Bande

Unter den Diesellokomotiven gibt es viele, die den Dampfloks das Leben schwer machen. Warum? Weil sie sich für neuer, besser und schneller halten. Aber Thomas und seine Freunde haben schon oft bewiesen, dass man mit Fleiß und Ausdauer einiges ausgleichen kann …

Diesel

Diesel ist eine hinterlistige Diesellok. Wenn es Ärger im Lokschuppen gibt, steckt garantiert er dahinter. Manchmal zeigt er sich zwar von seiner netten Seite, aber leider viel zu selten. Sein Lokomotivkasten und sein Fahrwerk sind schwarz, nur im Pufferbereich trägt er ein wenig rote Farbe. Die Treibräder sind durch Kuppelstangen verbunden – genau wie bei den Dampfloks. Und wenn er will, kann Diesel eine wirklich nützliche Lokomotive sein.

Den und Dart

Der rostbraune **Den** mit dem schwarz gestreiften Schienenräumer ist für eine Diesellokomotive ungewöhnlich fleißig. Er arbeitet in der Dieselwerkstatt und redet nicht viel. Das muss er auch nicht, denn sein Freund **Dart** kann Dens Gedanken lesen. Dart, die gelb und dunkelrot lackierte Rangierdiesellok mit den großen Puffern, ist Dens treuer Gehilfe in der Dieselwerkstatt. Wenn's ums Reparieren der Loks geht, ist er der Beste.

Diesel 10

Der schmutzig braune **Diesel 10** mit den hellen Streifen ist die gemeinste Diesellok auf Sodor. Mit seinem spitz gezackten Greifarm soll er eigentlich fleißig Schutt und Schrott verladen. Und das könnte er auch, denn hinter seinem Lokkasten steckt ein leistungsfähiger Dieselmotor. Aber Diesel 10 ist faul und durchtrieben. Statt zu arbeiten, überlegt er ständig, wie er die Dampflokomotiven hereinlegen könnte. Darum gehen ihm Thomas und seine Freunde lieber aus dem Weg.

Daisy

Als **Daisy** nach Sodor kam, war sie ein fauler, störrischer Dieseltriebwagen. Mit ihrem schicken, grün glänzenden Lack hielt sie sich für etwas Besseres. Weil ihr Lokgehäuse viel Platz für Passagiere bietet, weigerte sie sich, Güterwagen mitzunehmen. Doch dann erklärte ihr der dicke Kontrolleur, dass er nur wirklich nützliche Lokomotiven brauchen kann und faule Loks wieder wegschickt. Seitdem befördert Daisy zuverlässig die Fahrgäste auf der Nebenstrecke von Harwick. Und wenn es sein muss, nimmt sie auch mal ein paar Güter mit …

Arry und Bert

Die Zwillinge **Arry** und **Bert** sind zwei unfreundliche Dieselloks, die auf dem Schrottplatz und in der Schmelzhütte im Einsatz sind. Am liebsten würden sie alle Dampflokomotiven verschrotten und einschmelzen. Mit ihrer grün-gelb gestreiften Lackierung sehen sie absolut gleich aus. Wenn man die beiden nicht verwechseln will, muss man genau hinschauen. Dann sieht man nämlich, dass Bert mehr Bartstoppeln hat als Arry.

Noch mehr Freunde

Harold

Harold ist ein hilfsbereiter Hubschrauber, der jeden Winkel der Insel Sodor kennt. Als unverzichtbares Mitglied der Such- und Rettungsmannschaft hat er schon vielen Lokomotiven aus der Patsche geholfen. Mit seinen breiten Kufen kann er sogar auf dem Wasser aufsetzen.

Der feuerrot lackierte **Flynn** mit den gelben Streifen gehört ebenfalls zur Such- und Rettungsmannschaft von Sodor. Als Feuerwehrlok hat er ein höhenverstellbares Fahrgestell und zwei Sorten Räder: Scheibenräder für Schienen und Räder mit Gummireifen für die Straße. So kommt Flynn im Notfall schnell an jede Unglücksstelle. Mit den beiden Spritzen auf dem Dach kann er jedes Feuer löschen – solange er genügend Wasser im Tank hat.

Flynn

Cranky

Cranky, der riesige Turmkran mit dem zweistöckigen Stahlgerüst, hat den Überblick über den Hafen von Brendam. Dort arbeitet er an den Docks und verlädt die Güter, die die Lokomotiven anliefern. Wenn Cranky schlecht gelaunt ist, behandelt er die Dampfloks von oben herab.

Duck

Die eifrige kleine Rangierlok arbeitete früher bei der Great Western Railway – das bedeuten die Buchstaben GWR, die in gelber Farbe auf den grünen Lack gepinselt wurden. **Duck** heißt eigentlich Montague, aber seinen Spitznamen mag er viel lieber. In den kastenförmigen Tanks, die an beiden Seiten seines Kessels liegen, sind seine Wasservorräte untergebracht. Weil Duck eine vielseitige Dampflokomotive ist, setzt ihn der dicke Kontrolleur fast überall ein.

Rocky

Der rote Schienenkran mit den gelben Streifen ist ein weiteres Mitglied der Such- und Rettungsmannschaft von Sodor. Da er keinen eigenen Dampfantrieb hat, muss **Rocky** von einer Lokomotive an seinen Einsatzort gebracht werden. Dafür ist er ein richtiger Kraftprotz: Rocky ist so stark, dass er sogar eine entgleiste Dampflok ruck, zuck wieder zurück auf die Schienen setzen kann.

Spencer

Spencer ist eine eitle Schnellzugdampflok. Er genießt es, wenn sein silbern schimmerndes Gehäuse bewundert wird. Und er ist sehr stolz darauf, zum Privatbesitz des Herzogs von Boxford zu gehören. Thomas und die anderen Dampflokomotiven mögen den Angeber nicht besonders.

Mavis

Mavis ist eine der wenigen freundlichen Dieselloks auf Sodor. Sie hat einen schwarzen Fahrzeugkasten mit gelben Warnstreifen. Das Fahrwerk und die Räder sind an den Seiten durch schwarze Platten geschützt. Vorne hat sie einen Schienenräumer, um Felsbrocken und Geröll wegzuschieben. Das ist auch nötig, denn Mavis arbeitet im Steinbruch von Ffarquhar. Ohne ihren Fahrwerkschutz wäre sie bestimmt schon oft entgleist.

Rosie

Die lila Tenderlok mit den hellgrauen Kohlekästen und gleich drei Dampfdomen ist ein richtiger Wildfang. **Rosie** lernt schnell, ist hilfsbereit und immer gut gelaunt. Darum arbeitet Thomas ganz gerne mit ihr.

Victor

Victor ist die einzige Schmalspurlok auf Sodor, die nicht in den Bergen arbeitet. Sein Einsatzbereich ist die riesige Reparaturwerkstatt in Crovan's Gate. Dort repariert **Victor** kaputte Lokomotiven – und passt auf, dass sein Gehilfe Kevin keinen allzu großen Schaden anrichtet.

Kevin

Kevin ist ein kleiner, gelber Lastkran, der Victor in der Lokwerkstatt hilft. Wenn er, wie das manchmal passiert, etwas tollpatschig ist, bringt das seinen Chef fast zur Verzweiflung.

Bertie

Der knallrote Bus ist einer von Thomas' besten Freunden. **Bertie** liebt es, mit den Lokomotiven um die Wette zu fahren. Im Notfall bringt er die Fahrgäste eines liegen gebliebenen Zugs zuverlässig an den nächsten Bahnhof.

Karte der Insel Sodor

① **Bauernhof**, wo Thomas eine Ladung Äpfel holte und zum Hafen von Brendam brachte

② **Schloss Callan**. Hier hatte Harold, der Hubschrauber, eine Panne.

③ Im **Lokschuppen von Tidmouth** ruhen sich Thomas und seine Freunde von der Arbeit aus.

④ **Steinbruch von Ffarquhar**, die Endstation von Thomas' Nebenstrecke

⑤ **Schrottplatz und Schmelzhütte**, wo die Dieselloks am liebsten alle Dampflokomotiven verschrotten und einschmelzen würden

⑥ **Knapford**, der Bahnhof von Thomas' Nebenstrecke

⑦ **Gordons Berg**, wo sogar der stärksten Dampflok von Sodor einmal die Puste ausgegangen ist

⑧ **Hafen von Brendam**, der Haupteinsatzort von Cranky, dem Turmkran

⑨ **Zentrale der Such- und Rettungsmannschaft**. Hier warten Flynn, Rocky und Harold auf ihren nächsten Einsatz.

⑩ In der **Reparaturwerkstatt von Crovan's Gate** machen Victor und Kevin kaputte Dampfloks wieder einsatzbereit.

Wo befindet sich der Lokschuppen von Tidmouth? Wo die Zentrale der Such- und Rettungsmannschaft von Sodor? Und wo die riesige Werkstatt von Crovan's Gate, in der kaputte Dampfloks repariert werden? Auf der Karte von Sodor findest du nicht nur die wichtigsten Orte und Bahnhöfe, sondern auch alle Eisenbahnstrecken, auf denen Thomas und seine Freunde über die Insel dampfen.

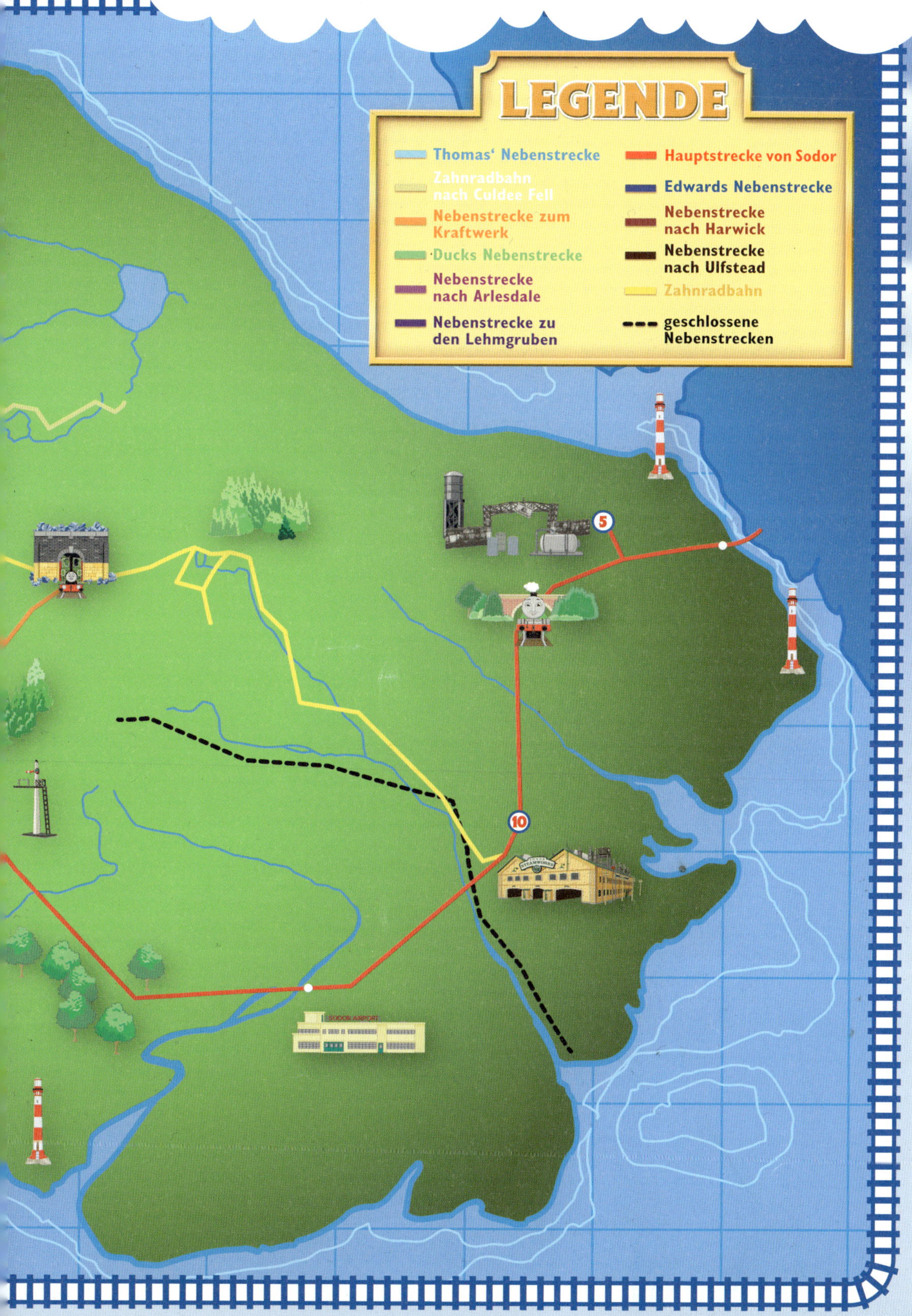

Sing mit Thomas und seinen Freunden!

Als großer Thomas-Fan kennst du das Lied zu Beginn der Fernsehserie bestimmt auswendig. In unserem Mitsingspiel sind allerdings ein paar Loknamen verloren gegangen. Weißt du, welche Lok an welche Stelle gehört?

Zu zweit, zu viert, zu sechst, zu acht,
rangier'n die Loks, befördern Fracht.
Rot und grün und braun und blau,
allen kann man echt vertrau'n.

Jeder weiß, wohin es geht,
von Ort zu Ort, von früh bis spät,
bergauf, bergab, auf jedem Weg –
Thomas und seine Freunde.

1 .... ist der freche Clown,
2 .... hat ganz viel Selbstvertrau'n,
3 .... bringt die Post zu dir,
4 .... donnert durchs Revier,
5 .... hat schon viel geschafft,
6 .... pfeift und dampft und pafft,
7 .... – immer da für dich,
8 .... ist 'ne Klasse für sich.

Zu zweit, zu viert, zu sechst, zu acht,
rangier'n die Loks, befördern Fracht.
Rot und grün und braun und blau,
allen kann man echt vertrau'n.

Jeder weiß, wohin es geht,
von Ort zu Ort, von früh bis spät,
bergauf, bergab, auf jedem Weg –
Thomas und seine Freunde.

1) Thomas, 2) James, 3) Percy, 4) Gordon, 5) Emily, 6) Henry, 7) Edward, 8) Toby

Flynn und der Feueralarm

Der feuerrote Flynn ist überall auf Sodor beliebt. Denn er ist freundlich, hilfsbereit und immer zur Stelle, wenn's irgendwo brennt. Als Feuerwehrlokomotive ist das auch seine Aufgabe. Sobald Flynn einen Einsatz beendet hat, fährt er immer sofort zurück zur Zentrale der Such- und Rettungsmannschaft von Sodor. Schließlich kann man nie wissen, wann der nächste Notruf eingeht. Bis es so weit ist, muss Flynn seine Wassertanks aufgefüllt haben. Sonst hat er beim nächsten Brand nicht genügend Löschwasser.

Vor einiger Zeit hatte Flynn einen besonders aufregenden Tag: Als er sich an der Rettungszentrale für den nächsten Einsatz vorbereitete, kam Diesel auf dem Nachbargleis angerollt. „Guten Morgen, Diesel!", rief Flynn fröhlich. Doch das Lachen verging ihm gleich wieder. Denn die schmierige Diesellok warf ihm einen finsteren Blick zu. Flynn wusste, dass das nichts Gutes zu bedeuten hatte.

„Guten Morgen?“, wiederholte Diesel in höhnischem Tonfall. „Wenn du so viel Arbeit hättest wie ich, hättest du keinen guten Morgen. Aber du tust ja nichts! Du stehst nur faul auf den Gleisen herum und lässt deinen feinen Lack in der Sonne glänzen!“

„Das stimmt doch gar nicht“, verteidigte sich Flynn. „Ich habe meine Wassertanks gefüllt, die Pumpen für das Löschwasser kontrolliert und die Wasserspritzen überprüft. Nun warte ich auf meinen nächsten Einsatz.“

In diesem Moment schrillte der Feueralarm.

„Achtung“, rief Rocky, der Rettungskran. „Einsatz für dich, Flynn! Eine blaue Lokomotive steht in Flammen, und zwar …“

Doch Flynn hörte gar nicht weiter zu. Er wollte Diesel zeigen, dass auch er schwer beschäftigt war, und brauste mit Volldampf davon, noch bevor Rocky sagte, wohin er musste.

„Ha, von wegen faul", brummte Flynn, als er das Rettungszentrum hinter sich ließ. „Nun sieht Diesel, wie viel Arbeit ich habe!"

Bald donnerte Flynn in atemberaubendem Tempo über die Gleise.

„Keine Angst, blaue Lokomotive!", schnaufte er. „Flynn, die flinke Feuerwehrlokomotive, kommt und rettet dich!"

Während Flynn an Wiesen und Wäldern vorbeibrauste, fragte er sich, welche blaue Lokomotive da wohl in Flammen stand. Doch bevor er weiter darüber nachdenken konnte, sah er eine blaue Lok: Edward, die Dampflok mit der Nummer 2. Bestimmt war er es, der dringend Hilfe brauchte.

„Keine Angst, Edward", rief Flynn, als er mit quietschenden Bremsen neben Edward anhielt. „Hier kommt Flynn, die flinke Feuerwehrlokomotive, und rettet dich!"

Noch bevor Edward etwas sagen konnte, drehte Flynn die beiden Wasserspritzen auf seinem Dach auf und setzte den armen Edward unter Wasser. Selbst Edwards Lokführer wurde von oben bis unten nass.

„Was machst du denn da?“, rief Edward empört.

„Ich rette dich“, erklärte Flynn.

„Aber ich muss nicht gerettet werden“, erwiderte Edward.

Flynn stutzte. „Stehst du denn nicht in Flammen?“, fragte er unsicher.

„Nein!“, sagte Edward verärgert.

Flynn kam sich ziemlich dämlich vor. „Tut mir echt leid, Edward!“, sagte er kleinlaut. „Dann muss es wohl eine andere blaue Lokomotive sein, die meine Hilfe braucht.“

„Vermutlich“, murmelte Edward.

„Dann mach ich mich besser auf den Weg“, meinte Flynn. „Schließlich ist das ein Notfall!“

Im nächsten Augenblick dampfte Flynn davon. Diesmal hoffentlich zum richtigen Einsatzort …
„Keine Angst, blaue Lok!", rief er, während er über die Gleise schnaufte. „Flynn, die flinke Feuerwehrlokomotive, ist mit Volldampf losgefahren und rettet dich!"
Unterwegs hielt er eifrig Ausschau nach einer blauen Lokomotive.
Im Bahnhof von Maron entdeckte Flynn eine Lok, auf die die Beschreibung genau passte: Gordon, die blaue Dampflokomotive mit der Nummer 4.
„Keine Angst, Gordon", rief Flynn. „Die flinke Feuerwehrlokomotive ist da und rettet dich!"
Gordon wusste gar nicht, was Flynn meinte. Schließlich musste er sich auf seinen Auftrag konzentrieren. Er hatte nämlich die Familie des dicken Kontrolleurs an Bord des Expresszugs.

Doch Flynn ließ sich nicht beirren. Er war eine Feuerwehrlok und sollte eine blaue Lokomotive retten. Rasch betätigte er die Pumpen, drehte das Wasser auf und verpasste Gordon samt seinem Expresszug eine ordentliche Dusche.

Diesmal wurden nicht nur die blaue Lokomotive und ihr Lokführer nass – auch die Leute auf dem Bahnsteig bekamen das Löschwasser ab.

Der dicke Kontrolleur stand da wie ein begossener Pudel. Sein Frack triefte, und von seinem Zylinder fielen dicke Wassertropfen herab.

„Was treibst du denn da, Flynn?“, rief der dicke Kontrolleur verärgert.

„Ich lösche Gordon“, antwortete Flynn erschrocken.

„Aber ich brenne doch nicht“, stellte Gordon fest.

Flynn entschuldigte sich stotternd und dampfte sofort weiter.

„Wo ist denn nur die blaue Lokomotive, die in Flammen steht?“, fragte sich Flynn, während er mit Volldampf die Gleise entlangdonnerte.

Auf dem Gelände der Dieselloks fand er endlich, wonach er suchte: Thomas, die kleine blaue Dampflok mit der Nummer 1.

Allerdings war der blaue Lack über und über mit Ruß verschmiert. Thomas fauchte und zischte. Der Qualm nahm ihm fast den Atem. Und der Rauch tat ihm in den Augen weh.

„Keine Angst, Thomas“, rief Flynn. „Die flinke Feuerwehrlokomotive ist da und rettet dich!“

Flynn warf sofort die Pumpen an – doch aus den Wasserspritzen auf seinem Dach kam kein einziger Tropfen mehr. Seine Tanks waren leer! Er hatte das ganze Löschwasser bei Edward und Gordon verbraucht. Fieberhaft überlegte Flynn, was er nun tun könnte, denn Thomas brauchte dringend Hilfe!

Diesel und den anderen Dieselloks stand die Schadenfreude ins Gesicht geschrieben. Sie lachten so sehr, dass ihre Fahrgestelle klapperten.
Doch Flynn ließ sich nicht einschüchtern. Er hatte schon zu viele Fehler für einen Tag gemacht. Jetzt war es höchste Zeit, etwas richtig zu machen!
„Dieselloks, ich brauche eure Hilfe“, rief Flynn. „Können eure Lokführer Wasser besorgen?“
Zum Glück ließen sich die Dieselloks nicht lange bitten. Ihre Lokführer schleppten eimerweise Wasser herbei und kippten es über die zischende blaue Dampflokomotive.
„Danke“, rief Thomas, als er wieder Luft bekam. „Ihr habt mich gerettet!“
Flynn war erleichtert, dass der Einsatz ein gutes Ende genommen hatte. Und das nur, weil manchmal auch Diesel und seine Kumpane nützliche Lokomotiven sein konnten.
Er zwinkerte den Dieselloks zu und sagte: „Ihr seid wirklich tolle Feuerwehrfreunde!“

Richtig oder falsch?

Kennst du dich auf Sodor aus? Mach den Test und finde heraus, wie gut du informiert bist. Weißt du, welche Aussagen richtig sind und welche falsch? Thomas und seine Freunde drücken dir die Daumen!

1. Thomas ist die gelbe Dampflokomotive mit der Nummer 1.

2. Feuerwehrlok Flynn kann nicht auf Schienen, sondern nur auf der Straße fahren.

3. Der dicke Kontrolleur ist der Direktor der Eisenbahngesellschaft von Sodor.

4. Die blaue Dampflokomotive mit der Nummer 2 heißt Edward.

5. Percy darf den Expresszug ziehen, weil er die stärkste Lokomotive ist.

6. Thomas' Personenwagen heißen Annabel und Clara.

7. Mavis ist das einzige „Mädchen" im Dampflokteam von Tidmouth.

8. Gordon hat die gleiche Farbe wie Thomas und Edward.

9

Diesel ist Thomas' aller-bester Freund.

10

Rosie, die lila Lok mit den frechen Sommer-sprossen, hat drei Dampfdome.

11

Henrietta ist Henrys treuer Personen-wagen.

12

Toby, der Straßenbahn-triebwagen mit der Nummer 7, ist eine Diesellokomotive.

13

Die smaragd-grüne Emily mit den polierten Messing-teilen ist die elegan-teste Dampflok auf Sodor.

14

Thomas ist eine Schlepp-tenderlok mit einem Anhänger für seine Kohlevorräte.

15

Die rot lackierte Dampf-lokomotive mit dem golden glänzenden Dampfdom heißt James.

16

Thomas, Henry, Edward, Percy, James, Emily und Gordon übernach-ten immer bei Victor in der Lokwerk-statt.

Lösung: Die Aussagen 3, 4, 8, 10, 13 und 15 sind richtig!

Wissenswertes rund um die Eisenbahn

Station 1

So fing alles an

Wer früher weite Strecken überwinden musste und nicht zu Fuß gehen wollte, ritt auf dem Pferd oder reiste in einer Pferdekutsche. Und Güter wurden mit dem Pferdefuhrwerk oder per Schiff transportiert. Dann dachten sich clevere Tüftler die **Dampfmaschine** aus – das war vor über 250 Jahren.

Die Postkutsche war ein beliebtes Transportmittel für längere Strecken.

Station 2

Geniale Erfinder

Im Jahr 1769 stellte der Franzose **Nicholas Cugnot** in Paris das erste Fahrzeug vor, das nicht mehr von Pferden gezogen, sondern mit Dampf angetrieben wurde. 1802 setzte der britische Erfinder **Richard Trevithick** für ein Bergwerk in Wales zum ersten Mal ein dampfgetriebenes Fahrzeug auf Schienen – damit hatte er die erste Lokomotive der Welt erfunden.

Die erste Lokomotive mit Schlepptender, die in Deutschland über die Gleise dampfte, war der „Adler". Er fuhr mit 24 bis 28 km/h von Nürnberg nach Fürth und zurück.

Die erste öffentliche Eisenbahn der Welt baute der englische Ingenieur **George Stephenson.** Seine **Dampflokomotive** „Locomotion" dampfte ab 1825 durch Nordengland. Bei ihrer Einweihungsfahrt zog sie 38 Waggons von Stockton-on-Tees nach Shildon.

Heutzutage düsen Hochgeschwindigkeitszüge wie der Intercity-Express mit 200 bis 300 km/h durch Deutschland. In Frankreich dürfen sie sogar 320 km/h schnell fahren.

Wann dampfte die erste Lokomotive über die Gleise? Wer hat sie erfunden? Und warum sind Dampfloks wieder von der Bildfläche verschwunden? Diese und viele weitere interessante Informationen rund ums Thema Eisenbahn haben wir hier für dich zusammengestellt. Komm mit auf unsere Reise durch die Geschichte der Dampflokomotiven.

Station 3

Diese Tenderlokomotive wird am Bahnhof mit frischem Wasser versorgt.

Kohle und Wasser

Zur **Energieerzeugung** braucht eine Dampflokomotive nicht mehr als **Kohle und Wasser.** Für kurze Wege reichen die Vorräte im Kessel und den Tanks, für längere Strecken werden Schlepptender angehängt. In diesen Anhängern befinden sich weitere Wasser- und Kohlevorräte. Früher gab es an vielen Bahnhöfen Wasserkräne und Bekohlungsanlagen, an denen die Dampfloks ihre Vorräte auffüllen konnten.

Station 4

Feuer und Dampf

Wie funktioniert eine Dampflok? Zuerst wird der **Kessel mit Wasser gefüllt.** Dann zündet der Heizer ein **Kohlefeuer im Brennraum** an. Den nennt man Feuerbüchse, denn dort wird es ordentlich heiß – um die 1500 Grad Celsius, je nach Lok. Damit das Feuer nicht ausgeht, schaufelt der Heizer immer wieder Kohle aus dem Tender hinter dem Führerstand durch das Feuerloch in den Brennraum.
Das Feuer bringt das Wasser im Kessel **zum Kochen.** Nun entsteht Wasserdampf, der im Kessel nach oben steigt und in die Zylinder geleitet wird. In jeder dieser röhrenförmigen Kammern befindet sich ein **Kolben,** der durch den ein- und ausströmenden Dampf hin- und herbewegt wird.
Die Kolbenbewegung wird über die Treibstangen auf die **Treibräder** übertragen, die die Lokomotive in Bewegung setzen.

An dieser Dampflokomotive wurden die Zylinder aufgeschnitten, damit man die Kolben sehen kann. Deutlich erkennbar sind auch die Treibstangen, die am Kolben ansetzen und die Treibräder antreiben.

Tenderloks und Schlepptender

Als Tenderlokomotive transportiert Thomas alle erforderlichen Brennstoff- und Wasservorräte direkt auf der Lokomotive. Falls ihm Kohle oder Wasser ausgeht, muss er anhalten und seine Vorräte auffüllen lassen.

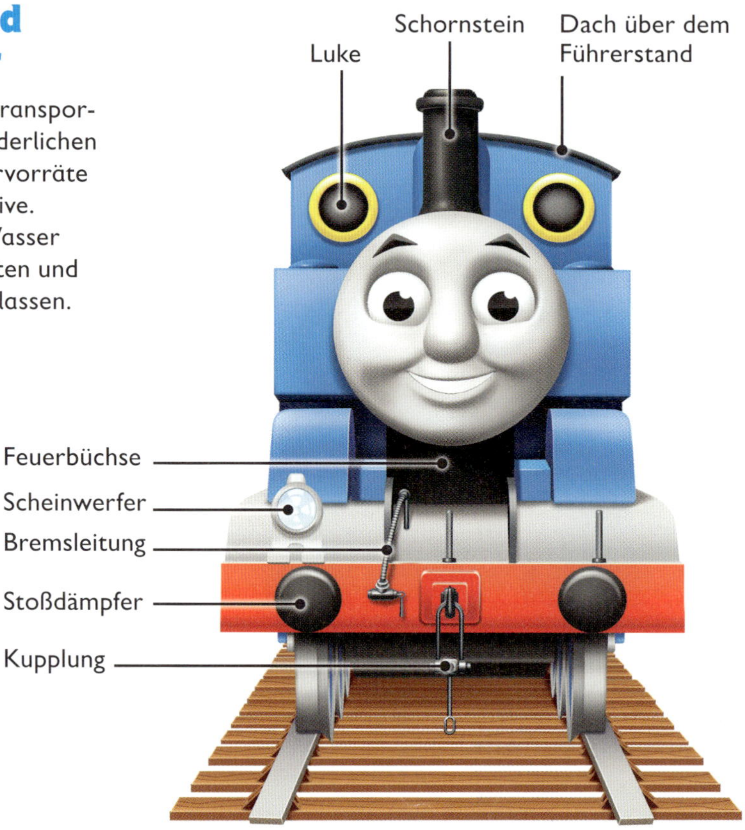

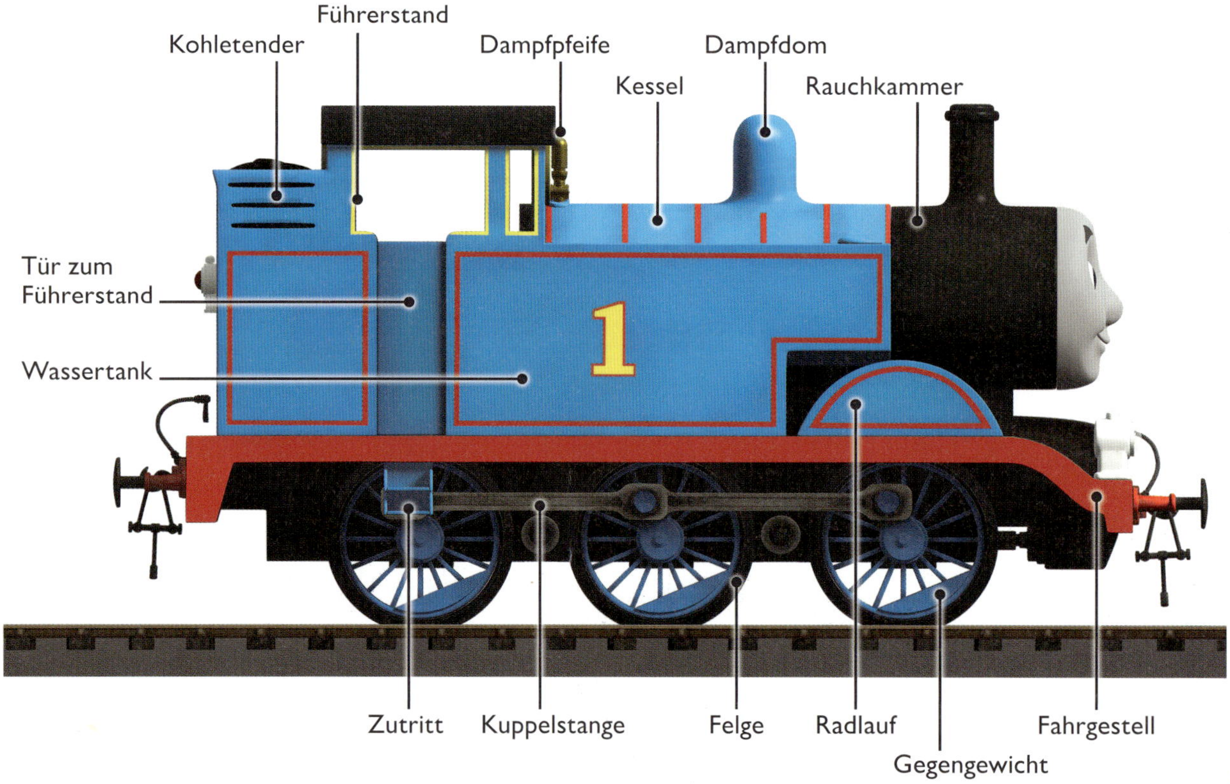

Station 6

Jobmaschine

Mit dem Ausbau des Schienennetzes fanden immer mehr Menschen **Arbeit** bei den Eisenbahngesellschaften – als **Bauarbeiter** auf den Baustellen, als **Handwerker** in den Bahnbetriebswerken, als **Personal in den Bahnhöfen und Zügen** oder als **Angestellte in der Verwaltung.** Die meisten von ihnen waren sehr stolz darauf, bei der Bahn zu arbeiten.

Lokführer und Heizer

Der **Lokführer** hat seinen Platz auf der rechten Seite des Führerstands. Er ist für das Steuern der Lok verantwortlich, achtet auf die Signale entlang der Strecke und sorgt für eine sichere Fahrt sowie eine pünktliche Ankunft. Links neben ihm ist der **Heizer** im Einsatz. Er ist für das Feuer in der Dampflok zuständig, schaufelt Kohle in die Feuerbüchse und überwacht den Dampfdruck.

Station 7

Lok-, Zug- und Fahrdienstleiter

Damit die Züge auf den Gleisen nicht zusammenstoßen und pünktlich ihr Ziel erreichen, ist eine sorgfältige Planung notwendig. Alle Betriebsabläufe müssen organisiert und aufeinander abgestimmt werden. Früher erstellte der **Lokleiter** sogenannte **Buchfahrpläne,** die den Einsatz der Lokomotiven regelten. Der **Zugleiter** stellte die Weichen und überwachte die Signale entlang der Bahnstrecke. Heute wird der gesamte Zugverkehr durch den **Fahrdienstleiter** vom Bahnhof oder vom Stellwerk aus gesteuert.

Station 8

Stellwerk

Lange wurden Schranken, Signale und Weichen **von Hand gestellt.** Im Lauf der Zeit wurden die meisten Stellwerke auf **elektrischen Betrieb und Computer** umgerüstet.

Station 9

Handwerker

In den Betriebswerken der Eisenbahn gab es unterschiedliche Werkstätten, in denen zahlreiche Handwerker arbeiteten. **Maler** und **Lackierer** brachten Dampfloks und Waggons innen und außen auf Hochglanz. **Schmiede** und **Schlosser** waren für die mechanischen Teile aus Eisen und Stahl zuständig. **Glaser** setzten die Fensterscheiben ein, und **Schreiner** stellten die Sitzbänke in den Waggons her.

Station 10

Wenn man in der Achssenke steht, kann man die Räder ganz genau untersuchen.

Sicher ist sicher

Im Bahnbetriebswerk wurden die **Fahrwerke** der Lokomotiven **regelmäßig untersucht.** Hierzu stiegen die Prüfer in eine Vertiefung zwischen den Schienen, die **Achssenke.** Dort konnten sie unter der Lok entlanggehen, die Achsen und Räder inspizieren und schadhafte Teile austauschen lassen.

Station 11

Kommando zurück!

Können Dampflokomotiven auch **rückwärtsfahren?** Klar, aber nur langsam. Vor allem, wenn sie noch einen schwer beladenen Schlepptender schieben müssen.

Station 12

Drehscheibe

Schneller geht das **Wendemanöver** für Dampflokomotiven über eine **Drehscheibe** – so wie Thomas und seine Freunde sie im Lokschuppen von Tidmouth haben. Um die Schienen auf der Drehscheibe passgenau mit dem festen Gleis zu verbinden, braucht der Gleiswärter sehr viel Erfahrung und Fingerspitzengefühl.

Station 13

Personen- und Güterzüge

Anfänglich wurden hauptsächlich **Passagiere** mit der Eisenbahn befördert. Mit der Zeit kamen jedoch immer mehr **Güter** dazu. Handelswaren gelangten mit den Güterzügen viel schneller und preiswerter ans Ziel.

Station 14

Alles eine Frage der Zeit

Früher gab es keine einheitliche Uhrzeit, weil die Menschen sich nach der Sonne richteten. Die Uhrzeiten der verschiedenen deutschen Staaten lag über 20 Minuten auseinander. Das machte die Erstellung der Fahrpläne ziemlich schwierig. Erst **1893** erhielt Deutschland eine **einheitliche Zeit,** die allgemeingültig war – und zwar überall, unabhängig vom Stand der Sonne. In vielen Städten und Dörfern wurde die Bahnhofsuhr zum Symbol der neuen Zeitrechnung.

Uhr an der Fassade des Bremer Hauptbahnhofs

Die beiden modernen Lokomotiven mit Elektroantrieb haben nur noch wenig Ähnlichkeit mit den schönen alten Dampfloks.

Station 15

Abstellgleis

Dampflokomotiven beherrschten den Schienenverkehr bis zur **Mitte des 20. Jahrhunderts.** Dann wurden sie nach und nach von **Diesel- und Elektroloks** abgelöst. Heute sieht man die eindrucksvollen Dampflokomotiven nur noch als Museumseisenbahnen auf speziellen Strecken.

Station 16

Endstation Museum

Wer heute eine Dampflok live erleben will, kann eines der vielen **Eisenbahnmuseen** besuchen. Sie erklären anschaulich die **Geschichte der Lokomotiven,** zeigen **Lokschuppen** und **Drehscheiben, Wasserkräne** und **Bekohlungsanlagen.** In manchen Museen kann man auch in einem echten alten Zug fahren.

Auch wenn die hölzernen Sitzbänke ungewohnt hart sind – eine Fahrt mit der schnaufenden, zischenden Dampfeisenbahn ist und bleibt ein unvergessliches Erlebnis.

Wer hätte das gedacht?

- **Mittelschwere Güterlokomotiven** wie die Dampflok der Baureihe 52 wurden in Deutschland von 1942 bis 1950 gebaut. Sie hatten 1 620 PS und brachten es auf **80 km/h.**
- **Einen Tag** bevor die Dampflokomotive in Betrieb genommen wird, muss der **Kessel angeheizt** werden, damit bei Fahrtbeginn genug Dampf vorhanden ist.
- Eine **Schnellzugdampflok** fasst einen **Brennstoffvorrat** von **10 Tonnen Kohle** und verbraucht auf **100 Kilometer etwa 2 Tonnen** – wenn es bergauf geht, sogar noch mehr. Da muss der Heizer ganz schön schaufeln!
- In den **Tank** einer Schnellzugdampflok passen rund **35 000 Liter Wasser** – so viel wie in 250 Badewannen.
- Mit beladenem Tender wiegt eine **Schnellzuglok** ungefähr so viel wie 100 **Mittelklasseautos.**
- Mit ihrem Zischen und Qualmen jagen Dampfloks manchen Menschen Angst ein. Kein Wunder, dass die Lokomotiven früher auch **rauchende Teufel** oder **fauchende Ungeheuer** genannt wurden. Dagegen klingt **Dampfross** richtig harmlos und erinnert daran, dass die Lokomotive vor 200 Jahren das Pferdegespann ablöste.

Wer ist hier der Beste?

In dieser Bildlesegeschichte haben wir ein paar Wörter durch Bilder ausgetauscht. Beim Lesen kannst du die Bilder durch Namen ersetzen.

 **Thomas**

 **Gordon**

 **Toby**

 **Cranky**

 **Der dicke Kontrolleur**

Auf Sodor gibt es nur eine blaue Dampflokomotive mit der Nummer 1, und die heißt .
„Ich bin bestimmt die fleißigste und nützlichste Lokomotive auf der ganzen Insel“, denkt  oft, wenn er schnaufend und dampfend über die Gleise rattert.
Eines Tages hatte  einen besonderen Auftrag für . „Heute darfst du Äpfel vom Bauernhof zum Hafen bringen“, sagte  zu .  dampfte sofort los. Unterwegs traf er , die Straßenbahnlok.
 war verzweifelt, denn vor ihm standen Kühe und blockierten die Gleise.
„Kann ich dir helfen?“, fragte  seinen Freund .
„Oh ja!“, antwortete . „Meine Glocke ist kaputt. Und meine Pfeife funktioniert leider auch nicht. Deshalb kann ich die Kühe nicht verscheuchen.“

 blies kräftig in seine Dampfpfeifen – *tuuut, tuuut!* –, und die Kühe sprangen erschrocken beiseite.

„Danke,  “, sagte  . „Jetzt kann ich endlich weiterfahren.“

„Ich muss mich auch beeilen“, sagte  . „Ich habe nämlich einen wichtigen Auftrag!“

 holte die Äpfel am Bauernhof ab und brachte sie zum Hafen. Dort erwartete ihn bereits  .

„Du hast deinem Freund  geholfen und trotzdem rechtzeitig deinen Auftrag erledigt“, sagte  . „Du bist wirklich eine gute Lokomotive,  .“

„Ja, ich bin die beste Lokomotive auf der ganzen Insel“, rief  . „Darum trage ich auch die Nummer 1!“

„Ha! Ich bin dafür die *schnellste* Lokomotive auf der ganzen Insel“, brummte  , die blaue Schnellzuglok.

„Und ich bin der Größte und Stärkste weit und breit!“, rief  , der Turmkran.

Er packte  mit seinem Haken und hob ihn hoch in die Luft.

„Hilfe!“, schrie  . „Lass mich sofort wieder runter!“

„Ihr Lokomotiven seid vielleicht fleißig und schnell – aber nur, wenn ihr auf dem Boden bleibt und nicht abhebt“, zwinkerte  und setzte  wieder auf das Gleis.

 und  mussten lachen.

„Ihr seid alle etwas ganz Besonderes“, sagte  . „Ich bin sehr stolz auf euch!“

Puzzlespaß mit Thomas und seinen Freunden

Zu welchem Bild gehören welche Puzzleteile? Schau genau hin – und lass dich nicht täuschen! Es sind nämlich auch zwei falsche Puzzleteile dabei, die zu keinem Bild passen. Viel Spaß!

Bild 1

Bild 2

Bild 3

Bild 4

Lösung: So gehören Bilder und Puzzleteile zusammen: 1 A und I, 2 C und F, 3 G und J, 4 D und E. Übrig bleiben die Puzzleteile B und H.

Wir basteln eine Dampflok

Hast du Lust, Thomas und seine Freunde in dein Kinderzimmer zu holen? Hier erfährst du Schritt für Schritt, wie du dir selbst einen kleinen Zug basteln kannst – mit einer blauen Lokomotive und drei Güterwaggons.

Du brauchst:

- 5 leere Milchkartons
- 1 Bogen Bastelkarton oder schwarzes Tonpapier
- eine Bastelschere
- Acrylfarbe in Mittelblau, Schwarz und anderen Farben
- einen Pinsel
- Bastelkleber
- einen Erwachsenen, der dir bei den Vorbereitungen und beim Basteln hilft

1

Schneide die Milchkartons in der Mitte durch. Sie dürfen ruhig unterschiedlich hoch sein. Spüle sie aus und lass sie gut trocknen.

2

Für die Räder schneidest du mindestens 18 Kreise aus dem Bastelkarton aus. Am besten ein paar mehr, dann hast du Ersatzräder.

Tipp:
Lege eine 2-Euro-Münze auf den Bastelkarton und drücke sie mit der einen Hand fest. Mit der anderen Hand ziehst du mit dem Bleistift eine Linie um die Münze. So werden alle Räder gleich groß.

3

Male die Räder schwarz an und lass sie gut trocknen.

Tipp:
Wenn du statt Bastelkarton schwarzes Tonpapier nimmst, sparst du dir das Anmalen.

4

Für die Lok nimmst du den höchsten Milchkarton und schneidest ihn an einer Seite – entlang den Ecken – bis zur halben Höhe auf. Dann klappst du das aufgeschnittene Seitenteil nach oben und schiebst einen zweiten Milchkarton quer in den ersten hinein. Der quer liegende, hineingeschobene Milchkarton ergibt den Kessel, der aufrecht stehende, aufgeschnittene Milchkarton ergibt den Führerstand. Nun verklebst du die beiden Teile miteinander.

5

Male die Milchkartons außen an: die Lok in Mittelblau, die Anhänger nach Lust und Laune.

6

Das Dach der Lok malst du schwarz an. Wenn du rote und gelbe Farbe hast, kannst du der Lok einen roten Streifen und eine gelbe Nummer 1 aufmalen. Alternativ kannst du Streifen und Nummer auch aus rotem und gelbem Papier ausschneiden und aufkleben. Für das Fenster am Führerstand nimmst du weißes Papier.

Tipp:
Schneide ein Bild von dir aus und klebe es so auf das Fenster, dass nur Hals und Kopf zu sehen sind. Nun sieht es so aus, als ob du der Lokführer wärst.

7

Stelle die Milchkartons auf den Kopf, damit du die Räder besser ankleben kannst. Die Lok bekommt drei Räder an jeder Seite, die Anhänger jeweils zwei Räder an jeder Seite. Solange die Milchkartons auf dem Kopf stehen, kannst du zwischen die Räder eine Schnur kleben, die die Lok mit den Anhängern verbindet. Wenn die Schnur vor der Lok lang genug ist, kannst du deinen Zug auch hinter dir herziehen.

8

Sobald alles gut getrocknet ist, kannst du deinen Zug umdrehen und die Güterwaggons beladen – zum Beispiel mit Erdnüssen oder Marshmallows. Jetzt ist Thomas, die kleine blaue Lokomotive, bereit für deinen ersten Auftrag.

Gute Fahrt!

Findest du die Fehler?

richtig

Auf den ersten Blick sehen die beiden Bilder gleich aus. Doch im rechten Bild sind 8 Fehler versteckt. Findest du sie?

falsch

Lösung: Thomas' Lampe fehlt, ebenso die rosa Türklappe am Lokschuppen. Henrys Kessel hat die falsche Farbe, und auch Thomas' rechtes Fenster, der Luftballon am Laternenpfahl und das Schmuckband am Schuppen rechts sind verfärbt. In der oberen linken Ecke fehlt eine Wolke, und rechts neben Henry sind die Zuschauer verschwunden.

Rettung auf Umwegen

Wenn es in den unzugänglichen Winkeln von Sodor einen Rettungseinsatz gibt, wird oft Harold gerufen. Der Hubschrauber erreicht nämlich auch Stellen, zu denen die Dampflokomotiven nicht fahren können, steile Felsen, zum Beispiel, oder überschwemmte Flusstäler. Doch eines Tages kam Harold selbst in eine Notlage.

In der Nähe von Schloss Callan waren zwei Kletterer in Bergnot geraten. Harold hatte die beiden gerettet und auf sicheren Boden gebracht. Als er sich wieder in die Luft erheben wollte, drehten sich plötzlich seine Rotorblätter nicht mehr. Harold versuchte es wieder und wieder, aber ohne Erfolg. Er saß fest. Denn wenn die Rotorblätter sich nicht drehen, kann ein Hubschrauber nicht fliegen.

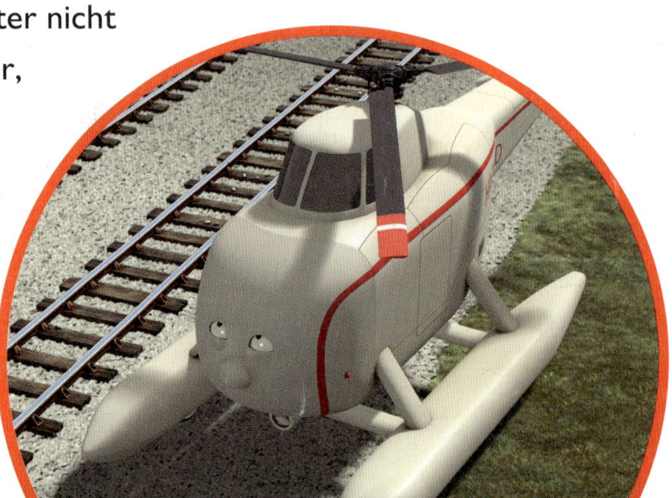

Als der dicke Kontrolleur von Harolds Panne erfuhr, bestellte er sofort Rocky, Thomas und Duck zur Unglücksstelle.

„Harold muss zur Reparatur ins Rettungszentrum von Sodor", sagte der dicke Kontrolleur. „Rocky, du setzt ihn vorsichtig auf den Güterwaggon. Thomas und Duck, ihr bringt ihn dorthin."

„Ja, Sir", sagte Duck.

„Aber Sir!", wandte Harold ein. „Ich bin riesengroß, und meine Kufen sind wirklich breit … Wenn ich auf Schienen transportiert werde, stoße ich doch überall an!"

„Keine Sorge, Harold", antwortete der dicke Kontrolleur. „Duck wird dich vorsichtig ziehen. Und Thomas unterstützt ihn als Schiebelok. Er passt auf, dass du auch durch niedrige oder enge Stellen passt."

Harold war ein wenig mulmig zumute.
„Mach dir keine Sorgen, Harold“, versuchte Duck ihn zu beruhigen. „Thomas und ich bringen dich sicher zum Rettungszentrum.“
„Ich weiß, Duck“, sagte Harold. „Es ist nur so ungewohnt. Aus der Luft sieht alles ganz anders aus.“
Während die drei so dahinrollten, flog Thomas eine Idee in den Schornstein.
„Ich weiß, womit wir Harold aufmuntern können“, sagte Thomas zu Duck. „Wir zeigen ihm ein paar Sehenswürdigkeiten, die er so noch nie von der Luft aus gesehen hat!“
„Das hört sich gut an“, freute sich Harold.
Doch Duck war gar nicht begeistert. „Es gibt nur zwei Möglichkeiten, etwas zu machen, Thomas“, sagte Duck. „Meine Methode und die falsche Methode. Meine Methode sieht so aus, dass wir jetzt direkt zum Rettungszentrum fahren – ohne Umwege.“

Thomas wollte Harold wenigstens einen Bahnhof zeigen. Dazu musste er allerdings Duck austricksen.

„Hab ich dir eigentlich gesagt, dass wir am Bahnhof von Knapford vorbeifahren müssen?“, fragte er Duck. „Dort wartet der Techniker, der Harold repariert.“

Duck fiel auf Thomas’ Trick herein. „Ist gut“, sagte er. „Aber dann fahren wir auf direktem Weg hin – ohne Umwege!“

Doch in Knapford gab es fast einen weiteren Unfall. Harold war nämlich viel zu groß für den Bahnhof. Duck konnte gerade noch rechtzeitig halten, sonst hätte Harold das Dach eingerissen.

Dann stellte sich auch noch heraus, dass Thomas geschwindelt hatte. Der Techniker, der Harold reparieren sollte, wartete gar nicht in Knapford, sondern im Rettungszentrum.

Als Duck das erfuhr, war er richtig sauer. „Du hast mich reingelegt, Thomas“, rief er. „Ab jetzt erledigen wir unsere Arbeit nur noch nach meiner Methode!“

Während der Weiterfahrt war Thomas ziemlich schweigsam. Und das kam wirklich selten vor. Er hatte ein schlechtes Gewissen, weil er Duck an der Nase herumgeführt hatte. Harold war damit beschäftigt, die Insel vom Boden aus zu erkunden. Und Duck war immer noch sauer auf Thomas.

So fuhren die drei wortlos ihrem Ziel entgegen: dem Rettungszentrum von Sodor.

Irgendwann blickte Thomas nach vorn und traute seinen Augen nicht. Duck brauste mit Volldampf auf einen engen Tunnel zu.

„Halt an, Duck!", rief Thomas. „Der Tunnel ist zu schmal für Harold. Wir müssen einen Umweg fahren!"

Doch Duck glaubte ihm nicht. „Du legst mich nicht noch einmal rein, Thomas!", sagte er. „Hast du es etwa schon vergessen? Jetzt fahren wir nach meiner Methode zum Rettungszentrum: Direkt – und ohne Umwege!"

„Bitte, Duck!", rief Thomas verzweifelt. „Du musst mir glauben! Halt an! Sofort!"

Aber Duck fuhr weiter. Geradewegs auf den Tunnel zu …

Im Tunnel war es ganz dunkel. Und als Harold hineinfuhr, ertönte ein ohrenbetäubender Lärm. Duck erschrak, dann gab es einen heftigen Ruck. Was war das? Hatte etwa jemand die Notbremse gezogen? Nein! Duck wurde klar, dass Harold im Tunnel stecken geblieben war. Seine Rotorblätter hatten sich im engen Durchgang verkeilt. Thomas hatte also doch recht gehabt.

„Was machen wir jetzt?“, fragte Duck kleinlaut.

Es dauerte nicht lange, bis der dicke Kontrolleur zur Unglücksstelle kam. Er hatte Techniker mitgebracht, die Harold befreien sollten.

„Thomas und Duck, ihr zwei habt Chaos und Verspätungen verursacht – zweimal an einem Tag!“, schimpfte der dicke Kontrolleur. „Und Harold braucht jetzt noch mehr Reparaturen!“

Die beiden Dampflokomotiven entschuldigten sich für ihre Fehler und versprachen, den Hubschrauber sofort und so schnell wie möglich zum Rettungszentrum zu bringen.

„Tut mir leid, dass ich nicht auf dich gehört habe, Thomas“, sagte Duck, als sie aus dem Tunnel fuhren.

„Und mir tut es leid, dass ich dich vorhin reingelegt habe“, meinte Thomas. „Sonst hättest du mir geglaubt.“

„Sag mal, wie kommen wir jetzt zum Rettungszentrum, ohne durch den Tunnel zu fahren?“, fragte Duck.

„Ich kenne da eine gute Strecke“, grinste Thomas. „Aber dann müssen wir nach meiner Methode fahren.“

„Wie ist deine Methode?“, wollte Duck wissen.

„Lass mich nach vorne“, antwortete Thomas. „Dann zeig ich sie dir!“

Und so tauschten die beiden Lokomotiven die Plätze.

Von nun an war Duck die Schiebelok. Er passte auf, dass keine Stelle zu eng für Harold war. Und Thomas brachte den Zug auf eine Nebenstrecke. Die führte zwar nicht ohne Umwege, dafür aber ohne einen einzigen Tunnel zum Rettungszentrum!

Als Thomas und Duck das Rettungszentrum von Sodor erreichten, stand der Techniker schon bereit, um Harold zu reparieren.

„Danke, dass ihr mir die Insel von unten gezeigt habt“, sagte Harold zu Thomas und Duck. „Durch euch habe ich heute viel Neues erlebt. Einen Bahnhof habe ich noch nie zuvor von unten gesehen – und durch einen Tunnel bin ich auch noch nicht geflogen!“

Duck und Thomas freuten sich, dass es wenigstens Harold gefallen hatte. Dann verabschiedeten sie sich von ihm.

„Weißt du, was, Thomas?“, sagte Duck, als die beiden Dampflokomotiven weiterfuhren. „Ich glaube, es gibt nicht nur zwei Möglichkeiten, etwas zu machen, sondern drei.“

„Wirklich?“, meinte Thomas. „Und die wären?“

„Meine Methode, die falsche Methode und deine Methode“, zwinkerte Duck.

Stell die Weichen!

Thomas und Duck wollen Harold zum Rettungszentrum von Sodor bringen. Auf der Strecke gibt es zwar keine Tunnel, doch ein paar Weichen müssen gestellt werden. Setze die fehlenden Streckenabschnitte so ein, dass Thomas mit Duck und Harold über die Schienen dampfen kann.

Lösung: A4, B1, C2, D3

Bist du ein echter Thomas-Fan?

1 Welche der abgebildeten Dampflokomotiven hat die Nummer 4?

A Percy **B** James **C** Gordon

2 Wie hieß die erste Dampflokomotive, die in Deutschland über die Gleise dampfte?

A Silberpfeil **B** Intercity
C Adler

3 Wohin wird Harold gebracht, wenn er repariert werden muss?

A Zum Hafen von Brendam
B In die Dieselwerkstatt
C Zum Rettungszentrum

4 Wer schläft normalerweise auf dem Abstellgleis neben dem Lokschuppen von Tidmouth?

A Toby **B** Rosie **C** Spencer

5 Wie heißt der riesige Turmkran, der am Hafen von Brendam Güter verlädt?

A Kevin
B Cranky
C Rocky

6 Was braucht eine Dampflokomotive zur Energieerzeugung?

A Einen Elektromotor
B Kohle und Wasser
C Dieseltreibstoff

Im großen Quiz zu Thomas und seinen Freunden findest du es heraus. Doch aufgepasst – zu jeder Quizfrage gibt es zwei falsche Antworten! Finde die richtige Antwort! Thomas und seine Freunde drücken dir die Daumen!

7 Der dicke Kontrolleur trägt einen Hut, der genauso heißt wie ein wichtiges Bauteil der Dampfmaschine. Wie lautet das gesuchte Wort?

A Kessel **B** Kolben
C Zylinder

8 Wie viele Rotorblätter hat Harold der Hubschrauber?

A Zwei **B** Drei **C** Acht

9 Welche grüne Lokomotive kommt Thomas hier entgegen?

A Henry **B** Percy
C Emily

10 Wie heißt der Brennraum der Dampflokomotive?

A Feuerbüchse
B Kohletender
C Dampfdom

12 Wie nennt man die Stangen, die die Treibräder der Lokomotiven verbinden?

A Kuppelstangen **B** Laugenstangen
C Steuerstangen

11 Die grüne Rangierlok mit der gelben Aufschrift GWR heißt eigentlich Montague, aber ihren Spitznamen mag sie viel lieber. Wie lautet er?

A Donald **B** Bertie **C** Duck

13 Welcher von Thomas' Freunden ist die älteste, schnellste und stärkste Dampflokomotive auf Sodor?

A Flynn **B** Gordon **C** Diesel 10

14 Wie heißen die drei blauen Dampflokomotiven auf dem Bild?

A Gordon, Thomas und Edward
B Diesel, Daisy und Dart
C Peter, Paul und Mary

Lösung: 1C, 2C, 3C, 4A, 5B, 6B, 7C, 8B, 9B, 10A, 11C, 12A, 13B, 14A

Weitere spannende Abenteuer mit

ISBN 978-3-8332-2207-8

ISBN 978-3-8332-2349-5

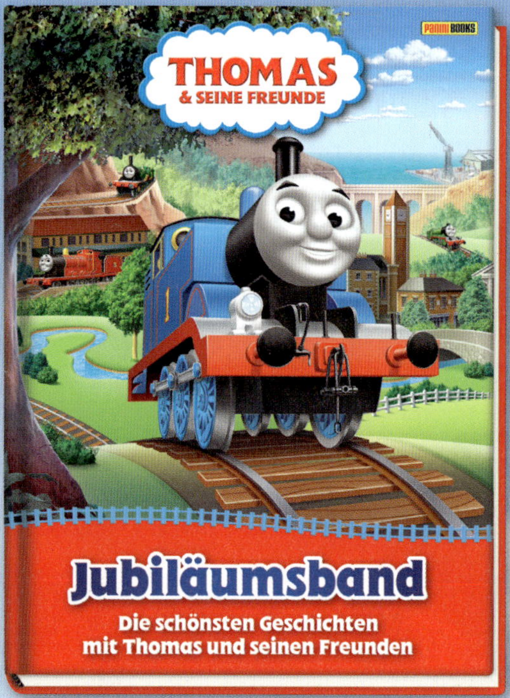

ISBN 978-3-8332-2933-6

ISBN 978-3-8332-2269-6

Überall, wo's Bücher gibt!

PANINI BOOKS
www.panini-shop.de